PAUL ZSOLNAY VERLAG

TRUDE MARZIK

Wiener Melange

Gedichte

PAUL ZSOLNAY VERLAG
WIEN · DARMSTADT

Die Verwendung des Titels „Wiener Melange“ erfolgt mit Genehmigung des Verlages Welsermühl, in dem in der Mundartreihe „Lebendiges Wort“ der Band von Gwozdz-Holzmann mit gleichem Titel lieferbar ist.

Umschlag und Einband: Werner Sramek
Satz: Bernhard Computertext, Wien
Druck und Bindung: Wiener Verlag, Himberg
Printed in Austria
ISBN 3-552-04208-3

CIP-Titelaufnahme der Deutschen Bibliothek
Marzik, Trude:
Wiener Melange: Gedichte / Trude Marzik – Wien;
Darmstadt: Zsolnay, 1990
ISBN 3-552-04208-3

Vom Podium

Dichterlesung

Das Publikum setzt sich im Sessel zurecht.
Der eine sieht besser, der andere schlecht.
Na, trösten Sie sich. Denn was gibt's schon zu sehn?
Ein Tischchen samt Sessel sieht man vorne stehn,
und dann kommt der Dichter und putzt seine Brille,
diskret spuckt er aus eine Hustenpastille,
trinkt Wasser ein Schlückchen, die Luft ist so trocken.
Das Publikum schaut ihm verzückt auf die Socken.
Drum, nimmt auch der Vordermann einem die Sicht,
man wird nichts versäumen und kränke sich nicht.

Dem Künstler geht's besser, er sieht und genießt
von oben ein bunteres Bild, wenn er liest.
Er blickt in den Saal, den hoffentlich vollen,
was wir, das versteht sich, ja wünschen ihm wollen.
Er sieht viele Köpfe, Gesichter und Mienen
von denen, die, um ihn zu hören, erschienen.
Die vorderste Reihe ist beinahe leer.
Da sollten die Ehrengäste wohl her.
Doch die haben, weil sie auf Kunst wenig Lust,
sich heute sicher was Bessres gewußt.
Die Dame im Blondhaar, die duftet betörend,
daneben schnarcht einer so laut, daß es störend,
ein Mann von der Zeitung kriecht zwischen den Sitzen
und muß den Herrn Künstler recht photogen blitzen.
Die Fröhliche lacht über jedes Gedicht,
ihr ist es egal, ob es paßt oder nicht.
Dafür schaut der Herr neben ihr mürrisch drein,
verzieht keine Miene, er ist wie aus Stein.
Er horcht an der Uhr, ob sie stehengeblieben.
(Den wird unser Dichter ganz sicher nicht lieben.)
Ein Schwerhöriger hält ans Ohr seine Hand

und schüttelt den Kopf, weil er gar nichts verstand.
„Was sagt er?“ fragt er seine Nachbarin laut.
Im Saal wird gezischt, was nur wenig erbaut.

Zum Glück gibt es welche, die dankbar sich zeigen,
die klatschen und jubeln, ergriffen auch schweigen.
Zwar denkt vielleicht mancher, wenn Schluß und Applaus ist:
„Na endlich!“ Doch mancher denkt: „Schad, daß es aus ist!“

Die gestohlene Show

Der Saal ist restlos ausverkauft
für das Konzert seit Wochen,
um Karten hat man sich gerauft,
den Billeteur bestochen,

nun lauscht man atemlos dem Star.
Selbst, wer nur wenig Dunst hat,
merkt: Er singt wirklich wunderbar,
hier findet große Kunst statt!

Da öffnet sich die Türe leis
und unauffällig hinten –
beim Sänger perlt schon der Schweiß
in Terzen und in Quinten –

doch jedermann im Publikum
wendet sich ab vom Podium
und dreht sich nach dem Menschen um,

der, weil er merkt, er kommt zu spät,
verlegen an der Türe steht,

und alle glotzen reichlich dumm.
Der Sänger freilich nimmt es krumm.
Er singt zwar laut, doch leidet stumm:
Warum?

Zum Schluß, umbraust noch vom Applaus,
geht er recht deprimiert nach Haus.

In und um Wien

Café Sperl

Wia der Geheimrat Goethe, so hat der Herr Ober ausgschaut
damals, wia mir no als junge Madeln, als sehr junge Madeln,
uns nach der Schul oft da 'troffen und g'lacht und 'kichert wegn nix habn.
Hat nur vorbeigehn müassen mit seine schlohweißen Haar
und sein olympischen Gang, nur g'schaut hat er – aus war's mi'n
Kudern,
glei war die Würde des Hauses, des haaßt, die Ruah, wiederherg'stellt.
Später, bei an Rendezvous, da hat er nix g'hört und nix g'segen,
aber beim Abschied, beim letzten, dem herzzerreißenden Abschied,
hat er von Zeit zu Zeit zum Trost a Wasser vorbeibracht...

Schön habn s' es jetzt renoviert, genau nach die Muster von damals.
Immer no glaubst, wanns d' beim Glastürl einigehst und ins Lokal
schaust,
daß du selber scho drin bist, des machen die Spiageln, d'vertrackten.
Wiederum gibt's viele Junge, die reden und die aa verliabt san,
grad so wia damals, nur daß du halt nimmer dazuaghörst, sei ehrlich.

Neuch is der Schanigarten im Freien, net stark frequentiert no.
Is ja ka Champs-Élysées, ka Markusplatz, gibt nix zum Schauen,
höchstens die Auto, wia s' fahrn da im Kraas und suachen an Parkplatz,
Hausfraun, die was ihner Einkaufstaschen hamtragn vom Naschmarkt.
Und übers „Salzburger Eck" gfreun si höchstens beim Äußerln die
Hunderln.

Was is der schönste Benzin- oder Dieselgstank gegn die gewisse
ehrwürdig-alte Mischung, die ka Ventilator mehr wegbringt,
aus kalten Rauch und Kaffee und aus Würschtel mit Saft und aus
Mehlspeis,
Druckerschwärze von Zeitungen? Zwar net grad g'sund, aber
g'müatlich.
Besser a warmer Mief als a kalter Ozon. Kaffeehaus.

Christbaum vor dem Rathaus

Der Christbam
vuan Rathaus
kummt jeds Jahr
aus an anderen
Bundesland.
Weil die Freund
in die Bundesländer
denen in Wean
gern
von Zeit zu Zeit
an Bam
aufstelln.

Beim Heurigen in Nußdorf
(Dem Schübl-Auer gewidmet)

Heuriger is net gleich Heuriger, aber des waaß nur a Wiener.
Heuriger is net nur B'soffensein, Hüatel auf, Schunkeln und Grölen.
Geh amal außi nach Nußdorf im Juni am Sonntag um elfe!
Alt, ja uralt is des Haus, gar die Türkenzeit hat's überdauert,
alt aa der Garten, die Bam gebn an Schatten, tuat guat, wann's grad
haaß is.
Und an die Tisch, ohne Tischtuach, versteht si, da hocken beinander
Damen im Dirndl und Herren in Loden und essen und trinken.
Nadelstreif oder Talar habn's dahamlassen, da derf ma Mensch sein.
Oben am Podium sitzen die Schrammeln und spieln viel-harmonisch,
fast himmlisch schön, mit Gemüt, ohne Schmalz Weaner Musi,
Schrammel und Lanner und Fahrbach und Strauß und wia's alle haßen.
Kontragitarr' und zwa Geigen und natürlich des picksüaße Hölzel,
oder a Knöpferlharmonika, wia's halt von alters her Brauch is.
Alle hörn andächtig zua, mauserlstad, kaner redt. Nur die Vogerln
singen und zwitschern und tragn zum Konzert eahna Teil bei. Des
stört net.
Hat net die Geigen an bsunderen Ton, ganz an eignen? Ka Wunder!
Is ja die Geigen vom Schrammel, a nobles Geschenk von die Erben.
Weiter soll's klingen, habn's gmant, und net im Museum verstauben.
An so an Sonntag in Nußdorf, da spürt ma halt ohne viel Worte
Tradition und Kultur, ja, da geht jeden Wiener das Herz auf.
D'Engeln auf Urlaub, die oft strapazierten, dort fliagn's wirklich drüber . . .

Streit der Berge

Seit langem sind die Hausberge von Wien
sich sozusagen nicht besonders grün.

„I bin der Größte!" sagt der Kahlenberg.
„Und gegen mi bist du ja nur a Zwerg!"

Der Leopoldsberg lacht: „Wegn die paar Meter?
I war viel früher da und du erst später.
Auf mir habn allerweil die Leut scho gwohnt,
auf dir san d'Wildschwein g'wurlt umanand!"

Da schreit der Kahlenberg: „Daß i net lach!
Historisch willst mir kommen? Denk do nach:
Von wo hat's abigwaht den Agnesschleier?
Und wo war vor der Türkenschlacht die Feier?
Wo habn's fürn Sobieski d'Mess denn glesen?
Des alles is am Kahlenberg gewesen!"

Der Leopoldsberg sagt voll Ironie:
„Ganz recht. Der Kahlenberg bin nämlich i!
Das heißt, i war's. Bis mi dann zehn Jahr später
der Kaiser umtauft hat, mei liaber Vetter!
Was hätt i gegn den Kaiser machen solln?
Drauf hast du mir mein alten Namen gstohln!"

„Ma muaß was tuan für d'Popularität,
und guat verkaufen kannst du di halt net.
Dei' Drahtseilbahn, wia lang hat die sich ghalten?
Zwa Jahr. Da kann si freilich nix entfalten.
Schau mi an!" sagt der Kahlenberg voll Stolz.
„Da bin i aus an ganz an andern Holz!
An Fernsehsender hab i, a Hotel,

zwa Restaurant, a Kirchen – an die Stell,
wo s' auszogn san, das Abendland zu retten,
is gar der Papst von weither kommen beten!"

„Na, und was is mit deiner Zahnradbahn?"
fangt drauf der Leopoldsberg wieder an.

„Mei Zahnradbahn is längst beim alten Eisen,
vergessen net, das kann ja wohl beweisen
des weltbekannte schöne Wiener Liad.
Ma muaß was tuan, daß ma unsterblich wird.
An Hymnus hab i auf mi dichten lassen.
Was bleibt von dir? Höchstens die steile Nasen!"

„Der Kahlenberg bin i, es is zum Wana!
An Hymnus auf an Sauberg schreibert kaner!"

So stritten sie und streiten immer fort,
nicht um die Sache, nur ums letzte Wort.

Bei uns wird manches böse Wort getauscht,
wenn es im Blätterwalde heftig rauscht.
Man kommt in Wut bei jeder Kleinigkeit,
und träumt doch von Europas Einigkeit.

Badner Elegie

Manchmal, da is mir danach, da kriag i an Gusto auf Baden.
Net auf Kasino, Thermalbad, auf Kurpark und Badner Arena,
sondern auf, wia soll i sagn, auf die Stadt als a Ganza.

Besser, ma fahrt net mi'n Auto, des geht viel zu gschwind, so was paßt net.
Freilich, die Postkutschenzeit is vorbei. Uns bleibt höchstens die Badner.
Fahrst mit der Badner Bahn, hat des an eigenen Reiz. Aber Zeit brauchst.
Macht nix. Wer hudeln will, fahrt net nach Baden. Dort lebt man beschaulich.

Viel gibt's zum Schauen. Vom Josefsplatz eini am Hauptplatz zum Beispiel...
anheimelnd san dort die Häuser. Wia schön ma do seinerzeit baut hat!
Und wer da alles logiert hat, wer da promeniert und spaziert is
rund um die wolkige Pestsäuln und unter die Augen vom Kaiser...

Promeniert wird heute aa no, nur passen die Leut net zum Stadtbild:
Miniröck oder Blue Jeans vor an Kornhäuselbau, so was schlagt si.
Sicher, die alte Zeit war net so guat, aber irgendwie bunter.
Damen in Weiß und Pastell, mit Spitzen und Rüscherln und Schirmerln,
Herrn nach der neuesten Mode und viele in Uniform drunter,
Kurpark und Kurkonzert, Nicken und Lächeln und graziös Grüßen...
Anmut und Grazie findt ma heut kaum mehr, die san längst vergangen.

Fahrst dann heim in der Badner, a bissel Wehmut im Herzen,
bleibt dir no lang in der Nasen a Hauch von Schwefel und Hofluft.

Schönberger Bauernmarkt

Zwölf Jahr, so lang schon besteht er, der Schönberger Bauernmarkt,
gibt's des?
Ang'fangen hat's ganz bescheiden. Da hat wer a guate Idee g'habt:
d'Bauern sollten nach Wien fahren und dort denen Weanern verkaufen,
was draußt so gibt an Speise und Trank, so was unverfälscht Echtes,
„Bauernmarkt" sollten sie's nennen. A Zeitung hat mitg'spielt mit
Werbung,
d'Weaner habn g'kauft jede Wochen, und mancher hat g'fragt: „Von wo
seids denn?"
„Kummts amal außi zu uns!" habn die Schönberger g'sagt zu die
Stadtleut.
Hast es net gsegn, hat's im Sommer an Bauernmarkt 'geben in
Schönberg.
War ein Erfolg, und drum wird er von Jahr zu Jahr besser und schöner.
Viel wird geboten, fürn Leib, aber aa für die Seel a Vergnügen.
Schön is der Ort, sauber 'putzt und g'farbelt die Häuser, die alten.
D'Auto bleibn draußen, daß Platz is für d'Standeln und für die Besucher.
Lustig geht's überall zua, mit viel Blasmusik, Chorgesang, Volkstanz,
net zu vergessen die Feuerfleck, Bratwürsteln, Blunzen, die Krapfen,
alles kannst kosten, da schmeckt dann der Wein, na, an dem is ka Mangel.
Drin in der Stadt sperrn die Leut si fest ein, kaner traut mehr dem andern,
aber in Schönberg macht jeder sei Haustor weit auf, du kannst eini,
setzt di in Hof auf a Bankel und kaufst dir a Viertel und ißt was,
nachher gehst weiter, kehrst ein dann beim Nachbarn, und wieder beim
Nachbarn –
net nur in Wien habn s' a Bermuda-Dreieck, das gibt's aa in
Schönberg . . .
Gmüatlich und menschlich geht's zua, a lebendiger Ort der Begegnung.
Ang'fangen hat's nur mit aner Idee. Aber was is draus worden!
Freilich, des wird net von selber, da müassen ja alle sich z'sammtuan,
müassen sich plagen und planen und organisiern all die Jahr lang.
Aber es zahlt sich halt aus. Hätt a Freud dran, der Dr. Jörg Mauthe.

Wünsche

Wann i mir was wünschen dürft

Wann i mir was wünschen dürft,
wüßt i nix zum sagen.
Damals, wiar i jung no war,
hätts mi müassen fragen!

Als a Alter wünscht ma si
höchstens, daß ma gsund bleibt,
und daß d'Menschheit auf der Welt
es net gar zu bunt treibt.

Alle Wünsche san erfüllt,
oder doch die meisten.
Klader, Reisen, Auto, Schmuck –
heut könnt ma sich's leisten.

Große Reisen? Wegn an Herz
derfst dir's net erlauben.
Deine Ring traust di net tragn,
's könnt di wer berauben.

Im Modellkleid schaust du heut
irgendwie verbaut aus.
Besser schauert das Kollier
auf der jungen Haut aus.

Golf Club, High Society,
Partys stehn dir offen.
Allweil d'gleichen Adabei –
da gehst liaber schlafen.

In der Jugend möchst so viel
und du hast net Geld gnua.
Wanst es hast, dann brauchst es net.
Dumm geht's auf der Welt zua.

Wann i mir was wünschen dürft –
höchstens no im stillen:
Laßts mi voller Wünsche sein,
tuats mir kan erfüllen!

Denn im Alter sicht ma's ein,
wann a'm manches wurscht is,
daß beim Trinken von an Wein
's Beste no der Durscht is.

Geburtstag

Geburtstag ist ein Freudentag,
für wen, ist allerdings die Frag'.
Wohl kaum für das Geburtstagskind.
Das wird geehrt, beschenkt, bedient –
als Kind hat man noch Freude dran,
der wahre Jammer kommt erst dann,
wenn man in seinen reifen Jahrn
zu oft Geburtstag hat erfahrn.
In aller Früh wirst du geweckt,
vom Weib geküßt, vom Hund geleckt,
vom Nachwuchs, wie man das so macht,
mit Überraschungen bedacht.
Verlegen lächelnd stehst du auf,
der Schicksalstag nimmt seinen Lauf.
Die Torte prangt. Du ißt ein Stück,
ein kleines nur. Gott, macht die dick!
Das Telefon bleibt niemals still,
weil jeder dir was wünschen will.
Du flüchtest eilig aus dem Haus.
Es wartet schon ein Blumenstrauß
auf deinem Schreibtisch im Büro.
Auch die Kollegen warten, froh,
daß es bald einen Umtrunk gibt.
Du bist ja schließlich sehr beliebt,
und so was hat, wie jeder weiß,
gewissermaßen seinen Preis.
Das Fest ist zwar noch längst im Gang,
improvisiert, doch laut und lang.
Erschöpft stiehlst du dich leis davon.
Daheim versammeln sich ja schon
Verwandte, Freunde, die en masse
mit festlich hocherhobnem Glas

und kußbereit gespitztem Mund
dir tuen ihre Wünsche kund.
Du denkst, sooft man zu dir prostet:
Was mich die Sauferei heut' kostet!
Du lächelst. Dabei ist dir schlecht.
Und denkst: Es ist doch ungerecht.
Na gut, man wird schön langsam alt,
doch daß man dafür auch noch zahlt?
Nur daß sich andre drüber freun?
Damit muß jetzt ein Ende sein!

Du sagst den Freunden: „Seid nicht bös,
das Feiern ist so strapaziös,
wolln wir nicht, ihr müßt das verstehn,
meinen Geburtstag übergehn
in Zukunft?" Alle sagen: „Klar!"
Du schläfst ins neue Lebensjahr
mit dem Bewußtsein froh hinein:
Ab nun wird der Tag friedlich sein!
Jedoch nach menschlichem Ermessen
ist das ein Jahr drauf längst vergessen.

In aller Früh wirst du geweckt,
vom Weib geküßt, vom Hund geleckt,
und wie gehabt, geht es so weiter,
wie's immer war. Drum nimm es heiter,
mein lieber Freund. Darum Kopf hoch!
Denn insgeheim freust du dich doch.

Glückwünsche

Zum Geburtstag gratulieren
find' ich eigentlich recht dumm.
Daß du auf die Welt gekommen,
gratulieren *dir?* Warum?

Damals *wurdest* du geboren,
denn es war nicht dein Verdienst.
Und die ersten Schreie zeigten,
daß du gar nicht glücklich schienst.

Vielleicht hättest du's nicht wollen,
doch kein Mensch hat dich gefragt,
ob es dir auf dieser Erde
überhaupt einmal behagt.

Wenn wir nun an diesem Tage
voller Freude aufmarschiern,
sollten wir gewissermaßen
nicht *uns selber* gratulieren?

Daß du bist, daß wir dich haben,
daß es überhaupt dich gibt?
Weil dich doch, so hat's den Anschein,
weil dich doch ein jeder liebt . . .

Narrisch kulinarische Feiertage

Leuteln, was san des für herrliche Zeiten!
Wer kann den Wohlstand von heut no derreiten?
Heiliger Abend ist Fast-Tag seit je.
Da gibt's ka Fleisch. Nur an Aal in Gelee,
Kaviar, freilich den roten, den teuern.
Und weil's ja demnächst erhöhen die Steuern,
trink ma Champagner. Französisch. Der schmeckt,
findst net?, viel besser als irgend a Sekt.

Christtag, zu Mittag, bei Hedi und Hansel,
ess ma, versteht sich, ka ordinärs Gansel,
dort gibt's an Turkey, mit Trüffeln gefüllt.
Vorher an Cocktail, erstklassig gekühlt,
hintennach Käs in verschiedenen Sorten,
waachen mit Schimmel, mit Löcher den harten,
und nur aus Frankreich, genau wia der Wein.
Was bei uns wachst, is ja lang net so fein.

Nachmittag wird, wia des is so seit Jahren,
jausnen zur Schwiegermama umigfahren.
Von an Kaffee is natürlich ka Red,
nur Irish Coffee, denn anders geht's net.

Dann gschwind no außi zum Nachtmahl zur Mama.
Jedes Jahr gibt's dort beim Essen a Drama;
weil sie nix halt' auf die Nouvelle Cuisine,
stopft s' uns und füattert s' uns mit Kalorien.

Na, am Stefanitag, net zu vergessen,
ladt uns die Steffi zum Namenstagessen.
Dort ißt ma leicht, aber sehr elegant:
Consommé, Austern und noch allerhand

Schnecken und Muschelsoufflé, Artischocken,
dazu Champagner, nur Magnum und trocken.
Und dann als Nachspeis Orangen-Parfait
oder a warms Schokoladen-Soufflé.

Vier Tag is Pause, dann kommt der Silvester.
Da gibt's a Party beim Mann seiner Schwester.
Smoking und Abendkleid. Er ist Bankier.
Jedes Jahr machen s' a Riesenbuffet,
Hummer, Langusten und Rebhuhnpasteten,
Lachsscheiben, Shrimps, also nix für Asketen.
Sauschädel aa, nett garniert in Aspik,
zwar ordinär, aber sonst hast ka Glück.

San dann die Feiertag g'sund überstanden,
hab i an Wunsch, ganz an extravaganten:
Endlich allaa sein in Patschen kommod
und dabei kiefeln a trockenes Brot!

Individualisten

Plädoyer fürs Alleinsein

Wanns aa für die meisten nur schwer zu verstehn is:
I find, daß Alleinsein doch eigentlich schön is.

An Einsamkeit muaß ma ja durchaus net leiden.
A waschechter Single, der is zu beneiden!

Beim Aufstehn, im Bad, kann er stundenlang brodeln,
kann Radio spieln und dazua aa no jodeln.

Ob Aufräumen, Staubsaugen, Gschirrwaschen, Kochen –
was d'heute net machst, na, des machst halt auf d'Wochen.

Ka Mensch, der di fragt, warumsd' stundenlang aus warst
und wo du denn warst und warum du net z'haus warst.

Beim Fernsehen braucht ma ka Rücksicht net nehma,
ma lagert die Füaß hoch, so sitzt sichs bequemer,

ma schaut si nur an, was ma selber gern segn will,
schalt ab, wenn aa'm fad und ma schlafen si legn will.

Im Bett kann ma lesen und niemand wird's stören,
und solltert ma schnarchen, so kann's kaner hören.

Ma kann grantig dreinschaun und bohrn in der Nasen,
mit aan Wurt, ma braucht si nix vorschreiben lassen.

Als einzelner hast du a herrliches Leben!
Doch muaß ma der Wahrheit die Ehre aa geben:

Für Zins, Gas und Heizung und sonstige Posten,
da teilt mit an Single ka Mensch seine Kosten.

Und dann erst auf Reisen, da muaßt orndlich brennen,
an „Zuschlag fürs Einbett", wia s' des halt so nennen.

Im In- oder Ausland der nämliche Jammer:
für'n doppelten Preis nur a schäbige Kammer.

Beim Essen im Restaurant oder im Beisel:
a winziges Tischerl im Eck glei beim Häusel.

Ma tragt's mit Hamua. Dafür lebt ma viel freier,
es hat alls sein Preis. Und die Freiheit is teuer.

Der bekannte Unbekannte

Is Ihna des scho passiert?
Wenn ma so dahinspaziert,
plötzlich kummt a'm wer entgegn,
schaut halb fragend, halb verlegn,
und ma denkt: Den kenn i do,
meiner Seel, aber von wo?

Besser wär vorübergehn,
so als hätt ma ihm net g'sehn.
Is scho z'spät, denn er macht halt,
ziagt den Huat, mir scheint, er strahlt.
Jetzt haaßt's schlau sein. Im Verlauf
vom Gespräch kumm i scho drauf.

„Na, wie geht's denn?" hab i gfragt.
„Danke, gut!" hat er drauf gsagt,
„wie geht's selber? Alles gsund?"
Und nach einer Viertelstund
merkst trotz reden her und hin:
er waaß aa net, wer i bin.

Lächelnd gibt ma si die Hand,
lächelnd geht ma ausanand.
Es verfolgt a'm dieses Gsicht,
bringt a'm ausn Gleichgewicht,
und ma grübelt tagelang,
es is beinah wiar a Zwang,
fahrt dann aus'n Schlaf voll Schreck:
Jessas na! Der Pschistranek!

Drum a Vuaschlag: Jedermann
steckt si vurn a Taferl an,

wo hübsch groß sei Namen steht.
Wann des auf Kongresse geht,
warum denn net alle Tag?
Des wär praktisch, gar ka Frag.
Es genügt a Blick auf d'Brust,
und scho hätt ma alles gwußt.
Die Idee is net viel nutz,
manen S', wegn dem Datenschutz?

Na, probiern ma's – habts a Schneid? –
amal mit der Ehrlichkeit!
Sprechen ma den andern an:
Herr, i waaß net, wer Sie san!

Naa, in Wien, da habn Sie recht,
geht's mit Ehrlichkeit nur schlecht,
weil's an Wiener net behagt,
wann ma ihm die Wahrheit sagt.

Da wär ma a Außenseiter.
Alsdern, Freunde, lüagn ma weiter!

Selbstbewußtsein

Ma sagt uns Wienern manchmal nach,
im Selbstbewußtsein san ma schwach.
Wir sagen nie: i bin der Größte,
wir sagen nie: i bin der Beste,
wir san bescheiden, san net protzig.
Nur leider san ma hinterfotzig,
drum zeigt sich unser Selbstgefühl
versteckt und, wia ma sagt, subtil.

Weil mei Friseur auf Urlaub war,
und g'schnitten g'hörn mir längst die Haar,
geh i zum nächsten, eh net weit,
daß der mir halt die Haar gschwind schneidt.
Der schaut mein Kopf sich kritisch an.
„Ob i da noch was machen kann?
Was für a Pfuscher, guate Nacht,
hat Ihna denn *den* Haarschnitt g'macht?"

Der alte Hauselektriker
is in Pension, kummt nimmermehr.
An neuchen hab i engagiert,
daß er an Kurzschluß repariert.
Der schaut si alles kritisch an.
„Ob i da no was machen kann?
Was für a Pfuscher, guate Nacht,
hat Ihna denn *die* Leitung g'macht?"

Beim Chefarzt bin i wegn der Kur.
Zeig ihm für Salben und Tinktur
von mein Herrn Doktor das Rezept.
Worauf der Chefarzt d'Augen hebt,
sagt vornehm zwar, doch indigniert:

„Zum Glück ist ja noch nix passiert!
Welcher Kollege, ’s is zum Lachen,
verschreibt denn heut noch solche Sachen!“

Ma sagt uns quisi quasi nach,
im Selbstbewußtsein san ma schwach.
Des täuscht. Denn jeder Konkurrent
ist unausstehlich präpotent.

Die unterdrückte Minderheit

Jetzt reißt mir langsam die Geduld:
wir Raucher sind an allem schuld!

Ob es das Loch ist im Ozon,
ob Hochwasser, Explosion,

ob Öl im Meer, ob Tod der Wälder,
durch Hagel Schädigung der Felder,

ob Murabgang oder Lawinen,
ob Seuche bei den Honigbienen –

es ist ein sehr bequemer Brauch:
Man schiebt es alles auf den Rauch.

Die Welt mußte schon immer haben
ein Feindbild, einen Prügelknaben:

die Neger, Juden, Lutheraner,
Zigeuner, Hexen, Indianer,

die man voll Lust verfolgen kann.
Und jetzt sind halt die Raucher dran.

Wir wissen selbst, daß es nicht g'sund ist,
was für Gehässigkeit kein Grund ist.

Die Raucher werden mit der Zeit
zur unterdrückten Minderheit.

Wer bringt die bösen Aggressionen
vor die Vereinten Nationen?

Dabei, ob nördlich oder südlich,
ist doch der Raucher stets gemütlich.

Geräuschlos ist das Nikotin.
Nicht so, wie etwa das Benzin.

Es stimmt, die Luft verstinken beide,
doch wir tun niemand was zuleide.

führn niemand nieder höchst brutal,
daß er dann reif ist fürs Spital.

Man sagt, der Zigarettenduft
belästigt und verschmutzt die Luft.

(Mich stört ja eigentlich viel mehr
die Knoblauchwolke ringsumher,

auch böse Worte machen Schmutz.
Wo bleibt denn da der Umweltschutz?)

So mancher, abtrünnig und schwach,
gab schon der Raucherhetze nach.

Der harte Kern, noch ungeschwächt,
raucht justament, und jetzt erst recht.

Der beugt sich nicht der Tyrannei
und wartet, bis der Spuk vorbei.

Lottogewinn

Dermaln hat im Lotto gwonnen
aner dreißig Millionen!
Habn Sie's in der Zeitung g'lesen?
Was tät i, wann i des g'wesen!

An, zwa Millionen – guat,
die san ja auf ans, zwa furt,
aber dreißig muaß ma nutzen,
so viel derf ma net verputzen,
so was legt ma urndlich an,
daß ma lang was hat davon.

Vielleicht kauft ma si a Villa
und als Haustier an Gorilla,
vielleicht kauft ma si an Zobel,
speist nur mehr beim Sacher nobel,
ziagt a nagelneuches Gwand å,
legt a bissel was aufs Konto,
in der Schweiz nur, das versteht si,
gibt a Party für die Spezi,
a paar Mille für d'Verwandten.
Wertbeständig wärn Brillanten . . .
Endlich amal nimmer stier! Ma
kündigt – eh klar – in der Firma,
aus is' mit der Arbeitsplag,
jetzt gibt's nur mehr Feiertag!

Weil ma Herz hat und Erbarmen,
spendt ma reichlich für die Armen.
Freilich muaß ma ans bedenken:
Ma derf net zu viel verschenken!

Kaum hast Geld, da hast aa Sorgen.
Jeder will von dir was borgen,
jetzt bist aner von die Reichen,
jedem Schnorrer sollst was leichen,
jeder möcht von dir was erben,
und er hofft, du sollst bald sterben.

Wo sollst denn dei Geld verstecken?
Dieb' gibt's ja an alle Ecken!
Besser bleibst als Millionär
stad und lebst so wia vorher.

Ma kummt drauf, genau betracht',
daß viel Geld net glücklich macht.
Und drum spiel i liaber net.
Denn, wann i dann g'winnen tät,
aus wär's mit'n ruhign Lebn.
Zahlt si so was aus? Na ebn.

Freiheit, die ich meine

Mi'n Auto kauft ma si a Stückel Freiheit,
damit kannst fahren überall, wosd' hinwillst,
steigst ein beim Haustor und, hast es net gsehen,
bist schon am Ziel, steigst aus, bequemer geht's net.

Des hab i glaubt und hab mir'n kauft, den Kübel.
Die Freud war kurz und groß war die Enttäuschung.
Die Straßen san verstopft, und die Kollegen
am Steuer schneiden, hupen, zeign dir'n Vogel,
du kannst net stehnbleiben, aa wansd' längst am Ziel bist.
Des ewige im Kraas fahrn macht di narrisch,
vom Schneeschaufeln im Winter net zum Reden.
Benzin natürlich, Pickerlüberprüfung,
kost' alls viel Geld. Wo aber bleibt die Freiheit?

Drum bin i zurnig aus mein Auto ausg'stiegn
und umg'stiegn wieder in die alte Tramway,
die neue U-Bahn, Autobus und Schnellbahn.
Und seit i nur mehr öffentlich verkehrn tua,
die Netzkarten im Taschel, bin i Kaiser.

I fahr, wohin's mi gfreut, i brauch kan Parkplatz,
drum bin i früher durt, mi stört ka Stau net.
Aa die Modelle von mein Fahrzeug wechseln:
bald Silberpfeil, bald Straßenbahn, je Baujahr
mit Schaffner oder ohne, mit Entwerter,
doch immer mit Chauffeur, komplett mit Kappel
und Uniform. Wer kann si so was leisten!
Und manchmal, wann mir's Z'haussitzen zu fad is,
dann fahr i ohne Ziel durch Wien spazieren.
Vom Fensterplatz aus kann i mir alls anschaun.

’s is net zum Glauben, was ma alles *net* siecht,
wann ma si in sein Auto durch die Stadt quält.

Das Auto, sagt ma, is Symbol für Wohlstand.
Mei Netzkarten is mir Symbol für Freiheit.

Loblied auf die Bundesbahn

Ich kann mir nicht helfen, ich fahr so gern Bahn.
Man fährt pünktlich ab und man kommt pünktlich an,

kann rauchen, kann lesen, kann schlafen, kann essen,
den Führerschein darf man zu Hause vergessen,

kein Mensch, der dich anhupt, beschimpft und bedroht,
und auch keine Ampel, die immerzu rot.

Die Landschaft vom Fenster aus ruhig betrachten...
Verkehrszeichen brauchst du ja keine beachten.

Du sprichst mit dem Nachbarn, wenn dir danach ist,
(der meistens ein Bundesbahnpensionist...)

Die Fernzüge sind klarerweise am feinsten,
sind nobel gepolstert und sind auch am reinsten.

Kein Rußflankerl, das uns im Aug irritiert,
es ist ja längst alles elektrifiziert.

Ich aber fahr lieber auf kleineren Strecken.
Lokalzüge können mich durchaus nicht schrecken,

denn so eine uralte Zugsgarnitur,
die riecht noch wie damals nach Eisenbahn pur,

nach Ruß und nach Dampf und nach viel Zigaretten,
nach Schulkindern, nicht grade saubern Toiletten,

nach Ferienglück, daß die Rührung mich packt.
Sie ruckelt und zuckelt (nach Fahrplan! exakt!),

sie fährt hübsch kommod zwischen Dörfern und Wiesen.
So kann auch der Städter das Landlebn genießen.

Beim Bummelzug braucht man halt sehr viel Geduld.
Doch stirbt wo ein Baum, weißt du, du bist nicht schuld.

Das Bahnfahren ist ein geruhsames Reisen.
Es fährt sich human auf massiven Geleisen.

Doch manchmal, ich muß es ganz ehrlich gestehn,
für die, die mich oft so am Westbahnhof sehn,

dann hab ich vielleicht nicht einmal eine Karte,
ich reise nicht, hol niemand ab, doch ich warte

und schaue. Und schnuppre den eigenen Duft
nach Kommen und Gehen. Ich mag Bahnhofsluft.

Ich muß nicht verreisen, ich komm auch nicht an.
Ich kann mir nicht helfen: Ich liebe die Bahn!

Segen der Elektrizität

Des Menschen Geist ist unermüdlich tätig,
sein Körper neigt mehr zur Bequemlichkeit,
und was das Hirn so nach und nach erfunden,
erspart dem Körper Kraft und spart ihm Zeit.
So führn wir heutzutag ein schönes Leben,
und ständig wächst die Lebensqualität.
Das meiste aber, wenn wir's recht betrachten,
verdanken wir der Elektrizität.

Wir putzen die Zähne, wir wickeln die Locken,
rasieren die Bärte, wir waschen die Socken,
wir mixen und schneiden und sprudeln und kneten,
wir schleifen die Messer, wir backen Pasteten,
wir bügeln, wir heizen, wir nähen, wir kühlen,
wir rechnen, wir schreiben, wir kochen, wir spülen,
wir lassen die Räume uns taghell beleuchten,
wir lassen die trockene Luft uns befeuchten,
wir schweben im Aufzug empor ohne Plage,
hörn Radio und sehen fern alle Tage,
wir lassen uns ganz durch Computer verwalten
und auch unsre Freizeit elektrisch gestalten.

Nur leider wird der Mensch leicht übermütig.
Und eines Tages, niemand weiß den Grund,
gab es aus heiterm Himmel keinen Strom mehr,
es brach komplett zusammen der Verbund.
Die alten Leute nickten voller Wehmut.
Sie kannten das und sagten: „Wie im Krieg!"
Die Jungen aber konnten es nicht fassen
und glaubten an das End' der Republik.

Es standen die Bahnen, die Lifte, die Uhren
und finster ward es auf den Straßen und Fluren.
In Küche und Bad streikten alle Maschinen,
auch Zeitungen sind klarerweis nicht erschienen,
das Leben der Stadt kam komplett zum Erliegen,
die Fernseh- und Radiosender, sie schwiegen.
Das Chaos war gräßlich, zumindest bei Tage,
ein Arbeiten kam ohne Strom nicht in Frage.
Am Abend aber, dem fernsehlos langen,
was war da im Dunkeln schon viel anzufangen?
Man kroch früh ins Bett in dem Zimmer, dem kalten,
um drin sich zu wärmen und zu unterhalten.

Man soll dem Fortschritt nicht zu sehr vertrauen,
wir Menschen werden leicht dazu verführt.
Die Technik ist bestimmt ein wahrer Segen,
vorausgesetzt, daß sie auch funktioniert.

Recycling

Endlich gibt's amal a Freud
für uns reife, ältre Leut.
Seinerzeit hat's ghaßen sparn,
aufghobn hast an jeden Schmarrn.
's Urassen, des is a Sünd,
hast scho glernt als klanes Kind.
Rar bei jedem war d'Marie,
blühend Fleiß und Phantasie,
und es war „Aus alt mach neu"
lange Zeit der letzte Schrei.
Dafür (weil die Not zu End is)
ham die Jungen ka Verständnis.
„Was hebst denn des alles auf?
So was stört den Wirtschaftslauf!
Heut haaßt's kaufen und verbrauchen,
denn die Rauchfäng müassen rauchen,
denn der Rubel, der muaß rollen,
weil wir produzieren wollen!"
Heutzutag, da schmeißt ma weg
und sitzt bis zum Hals im Dreck.
Plötzlich gibt's a Wehgeschrei:
„Wer macht uns vom Abfall frei?"
Für die Müllbergüberwindung
gibt's, so sagn sie, a Erfindung,
ganz was Neuchs, a Wunderwurt,
damit kriagst den Mist glei furt.
„Recycling" haaßt nix verschwenden,
alles laßt si no verwenden.
Is des aa a Wurt, a neu's heut,
letztlich is' a alte Weisheit.
Unserans is drum net bang,
wir recyceln ja scho lang.

Jedem sein Tag

Der Muttertag, i will's net leugnen,
is als Idee recht annehmbar:
die Mütter soll ma ehren, feiern
zumindest an aan Tag im Jahr.

Die Mütter habn sich drein ergeben
und sich dagegen aa net gwehrt.
Die Gschäftsleut habn scho Obacht 'geben,
daß ma das Muatterl orndlich ehrt . . .

Nur leider is dabei net 'blieben.
A Jahr hat schließlich viel mehr Tag,
die ökonomisch quasi brachliegn,
die müaßt ma nützen, gar ka Frag.

Den Vatertag, des is verständlich,
hat man als nächsten eingeführt,
denn aa den Vater soll man ehren,
damit er net krawutisch wird.

Seitdem gibt's immer mehr Ideen –
der Wirtschaft fallt da manches ein,
so vieles gibt's zum Fördern, Ehren,
die Kasse klingelt obendrein.

Der „Tag des Apfels“, „Tag des Brotes“,
der „Milchtag“, sogar „Rindfleischtag“,
der Tag des Tieres, Waldes, Baumes,
Tag der Familie, Weltspartag.

Die Nichtraucher habn aa ihrn Tag.(Zwar
warn d'Trafikanten net dafür.)
Der Bürgermeister drin im Rathaus
der macht an „Tag der offnen Tür".

Wann, frag i, wird denn endlich
a „Widerstandstag" proklamiert,
wo d'Menschen sich dagegen wehren,
daß man sie so manipuliert?

Alle gleich

Bei uns im schönen Österreich,
da san die Menschen alle gleich.

Zu Weihnacht sing ma Stille Nacht
und essen alle Karpfen,
wir giaßen zu Silvester Blei
und gehn erst spät in d'Harpfen.
Im Fasching renn ma auf an Ball
und tanzen ohne Rasten,
am Aschermittwoch: Heringschmaus,
da tan ma nämlich fasten.
Zu Ostern eß ma Schinken dann
und suachen Ostereier,
am Muttertag, wia sich des ghört,
is uns die Mutter teuer.
Zu Valentin, im Februar,
laß ma uns Blumen schenken,
und tan zu Allerheiligen
der Toten brav gedenken.
Am Feiertag der Nation,
da sigst uns alle wandern.
Wir machen's halt, weil sich des ghört,
die anen wia die andern.

Bei uns im schönen Österreich,
da san die Menschen alle gleich.
Der ane weniger,
der andre mehr.
Nur die Individualisten,
die haben's schwer.

Politik

Große Köpfe

Politiker san wirklich net zum Beneiden.
besonders vua d'Wahlen habn s' viel zum Derleiden.
Sie müassen eröffnen, dabeisein, begrüßen,
und Händ müassen s' schütteln und Kinderlein küssen.
Sie müassen, guat sichtbar, am Ehrentisch sitzen,
auf hunderte Bälle im steifen Frack schwitzen
und tuan, so als ob sie sich guat amüsieren
und immer nur lächeln beim Photographieren.

Im Fernsehn des G'sicht herzeign is erst recht wichtig,
der Anlaß is wurscht, der is eh meistens nichtig,
die Hauptsach, ma is möglichst oft drin zu sehn
und, wia ma so sagt halt, man is telegen.
Denn macht ma im Fernsehn ka guate Figur,
schadt des garantiert jeder Kandidatur.
Der Wähler von heut is ein kritischer Herr,
und ohne Fernsehen, da geht gar nix mehr.

Politiker san wirklich nur zu bedauern.
A dann, wann amal kane Medien lauern.
Von aan Saal zum andern drahn s' brav ihre Runden,
sie müassen ja Volkesnähe bekunden,
bei Clubs, bei Vereine, diverse Sektionen –
a Volksvertreter, der derf sich net schonen.
Der Raum is g'steckt voll, nur die erschte Reih leer,
die is reserviert für die Funktionär.
Er stürzt schnell herein, es geht nie ohne Hudeln,
dann wird er begrüßt, und er laßt sich anstrudeln.
Daß er a paar Worte g'schwind selber no redt,
des geht si net aus, soviel Zeit hat er net.
Nach fünf, sechs Minuten, jetzt wird's scho recht knapp,
verlaßt er's Lokal und er setzt sich in Trab,

zum Dienstwagen aussi, der durt auf ihn wart'
dann fahrt er zum nächsten Veranstaltungsort.
Der Ablauf is, wia ma waaß, überall gleich.
Wann er spät ins Bett kräult, dann is er a Leich.

Frau Nowak, politisch sehr interessiert,
die viele Versammlungen gern frequentiert,
hat mir ihre Eindrücke aufzählt genau:
„An großen Kopf hat er, die Haar scho recht grau,
an Haarschnitt kunntert er amal vertragen,
und etliche Schuppen hat er auf sein Kragen . . ."

Das Volk is bescheiden und fühlt sich beglückt,
wann's an Großkopferten hautnah von hinten erblickt.

Wann hat so a Persönlichkeit,
frag ich mich, für die Arbeit Zeit?

Nach der Wahl

Nach der Wahl is alles leiwand,
An dem Tag macht Fernsehn Freud,
denn in die Parteizentralen
gibt's nur Jubel bei die Leut.

Nach der Wahl gibt's nur Gewinner.
Schwarz und Rot und Grün und Blau
san beglückt, sagn's in die Kamera,
habn ihr Ziel erreicht genau.

Nach der Wahl tan s' alle danken
denen, die gewählt sie ham,
und den vielen braven Helfern,
Dienern am Parteiprogramm.

Nach der Wahl, da tropft der Honig
g'mischt mit Schmalz, ganz unerhört,
und der Wahlbericht im Fernsehn
hat viel Unterhaltungswert.

Nach der Wahl denkt sich der Wähler:
Diese Eintracht macht mi krank.
Wir habn's überstanden. Morgen
streiten s' wieder. Gott sei Dank!

An einen Buchstaben

Du mein geliebter Heimatlaut,
wie klingst du mir im Ohr so traut!

Trotz Nadelstreif und Doktorat,
trotz allerhöchsten Amts im Staat,
trotz Uniform und trotz Talar,
wirst du doch immer offenbar.
Du widerstehst beharrlich, schlicht,
auch dem Rhetorikunterricht,
und so regierst du konsequent
am Rednerpult im Parlament.
Woher du stammst, ist nicht ganz klar.
Ob's Ottakring, ob's Meidling war?
Aus welchem peripheren Hieb,
ist ja egal, ich hab dich lieb.

Schwer zu beschreibendes,
hartnäckig bleibendes,
uns angeborenes,
und nie verlorenes,
niemals erlahmendes,
kaum nachzuahmendes,
singendes, klingendes,
nicht anzubringendes
Lllll!

Gedanken beim Aufguß

Lang schon wird darüber g'redt,
ohne Frauen geht's halt net.
Na, wo san im Parlament
denn die fünfazwanzg Prozent?
Ja, i waaß, so was is schwer,
wo nimmt ma die Fraun denn her!

Gestern war i in der Sauna,
Damensauna – kane Mauner.
Aufguß. Herrlich. Höchste Lust.
Und auf amal hab i's g'wußt:
Die grad wachelt, die wär richtig!
Nimmt sich und ihr' Arbeit wichtig,
sie glaubt felsenfest daran,
daß' am besten wacheln kann.
Und sie wachelt ganz fanatisch
für die andern, die apathisch
hocken, liegen oder sitzen,
und sie kummt ganz schön ins Schwitzen,
und sie denkt gar net an Schonung,
und sie will a ka Belohnung.
Es wird pascht. Sie hockt si nieder.
Und beim Aufguß wachelt s' wieder.

Setzt sich ein, so wia ma soll,
für das allgemeine Wohl.
So, wia s' is, mit *dem* Talent,
ghörert die ins Parlament.

Die Politikerin

Es haben in der Politik
wir Frauen leider wenig Glück.
Ich frag mich: Wer ist schuld daran?
Viel besser hat es da der Mann.
Er steigt die Karriereleiter
in Stadtrat, Landtag und so weiter.
Und kommt er erst ins Parlament,
ist diese Plage bald zu End.
Er sitzt im Kreise der Kollegen
und muß sich nicht mehr viel bewegen.
Sie spiel'n so gern Politiker.
Als Frau paßt man da gar nicht her.
Man fühlt sich wie ein Störenfried.
Es ist eben ein Unterschied.

Viel schwerer hat es ja die Frau,
mit ihr nimmt man es sehr genau.
Ist sie politisch engagiert,
da nennt man hämisch sie „frustriert",
ein „Mannweib", „häßliche Emanze".
Bricht sie für Frauen eine Lanze,
ist sie gleich „lesbisch" und „voll Neid"
auf die gewisse Männlichkeit.
Den Mann wird man „energisch" nennen,
die Frau hat „Haare auf den Zähnen".
Doch ist sie freundlich, heißt es gleich:
„Setzt sich nicht durch. Ist viel zu weich!"
Von welcher Seite man's besieht:
Es ist eben ein Unterschied.

Und hat sie trotzdem es geschafft
mit großem Einsatz und viel Kraft,

dann fängt der Krampf erst richtig an.
Wie stellt die Frau jetzt ihren Mann?
Liebt er verbale Kraftentfaltung?
Die Frau verliere nie die Haltung!
Der Mann kann aussehn, wie er will,
sie sei gepflegt, adrett, mit Stil,
soll Sprechkultur mit Charme vereinen.
(Die Sprachfehler von ihm stör'n keinen!)
Brüllt er und geifert wie ein Vieh?
Von ihr verlangt man Harmonie!
Das Wort von Gleichheit ist stupid.
Es ist eben ein Unterschied.

Kriegt eine Frau dann ein Ressort –
das kommt zwar reichlich selten vor –,
so bietet sich von selber an,
was sie als Frau am besten kann,
worum sich Männer grad nicht reißen.
Die Zähne darf sie sich ausbeißen
an Frau, Familie und Kind,
an Sozialem, und geschwind,
wenn grad kein Mann dafür zur Stelle,
gibt man ihr noch das Kulturelle.
Ob Sport, Theater, Film, Musik,
man spart bei ihr nie an Kritik.
Wie sehr sie sich bewährt, bemüht,
es ist eben ein Unterschied.

Wer ist denn da, der sie beschützt,
der zu ihr hält und der sie stützt?
Ganz selten nur der eigne Mann.
(Der hat ja wenig Freude dran.)
Und leider haben auch die Frauen
zu ihresgleichen kein Vertrauen.

Sie bleiben gern, wie immer schon,
geduckt und brav aus Tradition.
Sie wären stark, wenn sie vereint sind,
wenn Frauen nicht der Frauen Feind sind.
Den Männern schwellt es stolz die Brust:
Sie haben es ja gleich gewußt!
Laut singen sie das alte Lied,
das Lied vom kleinen Unterschied.

Reifere Jahrgänge

Das späte Mädchen

Wenn man die Zwanzig hinter sich hat,
dann ist es schwer,
denn es verführt ein spätes Mädchen
kaum jemand mehr.

Ich geh ja häufig unter Leute
und ins Café.
Am Sonntag schlendre ich hinunter
die Hauptallee.

Oft spricht an warmen Frühlingstagen
mich einer an.
Dann weiß ich in den Sommernächten:
Es war nichts dran.

Den Felix konnte ich gut leiden.
Ein halbes Jahr
ging ich mit ihm, obwohl der Gute
verheirat' war.

Ach, Theobald, der war geschieden,
sein Bett war leer.
Die Börse auch. Die Alimente.
Ich danke sehr.

Der Rudi war seit kurzem Witwer.
Mit einem Kind.
Ein lieber Mensch. Doch man entschließt sich
nicht so geschwind.

Ein Onkel gab mir – er war achtzig –
heut' einen Kuß,
und Gabis Opa unterm Tische
sucht meinen Fuß...

Man kann darüber nur mehr lachen.
Jetzt lass' ich's bald.
Bin ich mit meinen Fünfunddreißig
denn schon so alt?

Heut liebt ein Mädchen schon mit Fünfzehn
und hält ihn fest,
bringt ihn zur Strecke, und für uns bleibt
dann nur der Rest.

Der Rest, das sind die Muttersöhnchen,
die mit Komplex,
die reifen – für den Psychiater,
doch nicht für Sex.

Man kann nur auf ein Wunder hoffen,
's ist nie zu spät.
Zum Glück ist ja noch alles offen.
Die Zeit vergeht...

Jungsein ist „in“

Es wittern manche klugen Leute
im vorhinein den Trend von heute
und schreiben dann in den Gazetten,
was wir zu tun und lassen hätten.
Damit den Lesern alles klar ist
(weil's anders ja von Jahr zu Jahr ist),
da drucken sie in langen Spalten,
wie man sich heuer zu verhalten.
Man weiß, was „in“, und auch, was „out“ ist,
auch, wenn man drüber nicht erbaut ist.
Nur eines mußte ich erfahren:
Jungsein ist „in“, und zwar seit Jahren.
Und auch seit Jahren, ohne Zweifel,
ist Altsein „out“, das ist Pfui Teifel.

Es nehmen sich die alten Männer
meist junge Frauen. Sie sind Kenner
und wissen, frisches Junggemüse
ist doch sehr günstig für die Drüse.
Da kann man in der Zeitung lesen:
Herr Konsul X scheut keine Spesen,
schenkt seiner flotten kleinen Biene
zum Frühstück täglich zwei Rubine.
Herr Ypsilon läßt sich jetzt scheiden,
es lüstet ihn nach grünern Weiden.
Der Mr. Z wird sehr bewundert.
Er ist ja schließlich beinah hundert,
und sie erst zwanzig. Das ist wichtig!
Sie hält ihn jung. Ja, der macht's richtig!

Ich will's gestehn ganz ungezwungen:
als Freund hab ich jetzt einen Jungen.
Jetzt ist's heraus. Muß ich mich schämen?
Ich werd doch keinen Alten nehmen!
Darf so was für die Männer recht sein,
kann's auch für unsereins nicht schlecht sein!
Es tuscheln Freunde und Verwandte:
Ein junger Mann! Welch eine Schande!
Auch meine Tochter nörgelt kleinlich:
Mama, wie kannst du! Oh, wie peinlich!
Wie kannst du solche Sachen machen!
Du siehst doch, wie die Leute lachen!
Die Volksmeinung kann sehr genau sein:
Der Mann muß älter als die Frau sein!

Wer nicht in dieses Schema paßt,
der muß verzweifeln, oder fast.
Am besten hört man gar nicht hin.
Ich bin nicht „in",
ich bin nicht „out",
ich bin „between".

Alte Liebe rostet

Neulich geh ich ganz gelassen,
wie man sagt, so vor mich hin,
langsam durch die Neubaugassen
und ich treff den Fridolin.

„Servus!“ sag ich. „Kennst mich nimmer?“
„Küß die Hand!“ sagt er verwirrt.
Zieht den Hut, hat keinen Schimmer.
Doch ich lächle unbeirrt.

Plötzlich seh ich, wie's ihm klar wird.
„Mein Gott, du!“ ruft er beglückt.
„Ach, wie dumm man mit die Jahr wird!
Gut schaust aus! Ich bin entzückt!“

Schnell ein Küßchen auf die Wange,
wie das halt so üblich ist.
Doch ich denk: Es ist schon lange,
daß er anders mich geküßt.

Und es plätschern liebe Worte
ohne Tiefgang hin und her,
denn die Liebe, die verdorrte,
findet sich so leicht nicht mehr.

„Schad, ich muß – du wirst verstehen . . .“
„Ja, ich auch. Ich ruf dich an!“
„Wolln wir einmal essen gehen?“
„Aber sicher! Also dann . . .“

Wie wir auseinanderstreben,
er geht rechts, ich gradeaus,
denk ich: Komisch ist das Leben.
Jeder geht jetzt brav nach Haus'...

An den allergrößten Lieben
frißt brutal der Zahn der Zeit.
Bald ist davon nichts geblieben,
höchstens noch Verlegenheit.

Kaum kann man sich mehr erinnern,
doch man lügt, wie schön es war,
und denkt traurig dann im Innern:
Wo sind seine blonden Haar'?

Wie sein Körper sportgestählt war!
Heute trägt er nur mehr Bauch.
Wie sein klarer Blick beseelt war...
Falsche Zähne hat er auch.

Wenn ich aber überlege,
was er über *mich* so denkt
(obwohl ich mich wirklich pflege),
fühl ich mich beinah gekränkt.

Nein, ich will ihn nicht mehr sehen.
Er mich auch nicht mehr, zum Glück.
Denn das Rad der Zeit, das drehen
wir nicht ungestraft zurück.

Klassentreffen

Jedes Jahr im Extrazimmer,
in dem schäbigen Kaffeehaus,
üben wir die alte Jugend,
brüsten uns mit unsern Streichen,
reden von den Schwindelzetteln,
aber hier wird nicht geprüft.

Und ein paar besonders Kühne
sind uns schon vorausgegangen.
Langsam lichten sich die Reihn.
Unsre Söhne sind erwachsen,
unsre Töchter längst schon Mütter,
unsre Mütter gibt's nicht mehr.

Laut geht's zu, und unser Lachen
klingt noch haargenau wie damals.
Krähenfüße, graue Haare,
nein, für uns sind sie nicht sichtbar.
Nur der Kellner brummelt mürrisch:
„Alte Weiber san a Plag!“

Zum Eintritt in den Ruhestand

Auch du, mein Sohn? Du bist ja noch ein Kind!
Und jetzt schon „Ruhestand“ und „wohlverdient“?

Ich weiß genau, wie mir damals zumut war,
und daß mir auch gar nicht besonders gut war.

Soll man nun jubeln oder soll man trauern?
Soll man sich freuen, soll man sich bedauern?

Vorbei die Fron, die Pflichten und der Drill.
Ab nun darf man das machen, was man will.

Vor dir liegt jetzt ein neues, freies Leben.
Das ist nicht ungefährlich, zugegeben:

Der eine liegt den ganzen Tag im Bett,
tut nichts, wird faul und deprimiert und fett,

kann sich zu keiner Tätigkeit entschließen
und will die Freiheit nur im Schlaf genießen.

Der andre will, was er so lang entbehrt,
sofort auf einmal tun. Ist auch verkehrt.

Das Heil liegt, denke ich, oft in der Mitte.
Am klügsten macht es der bewußte Dritte,

der ohne Hektik, was ihn freut, auch tut,
der Geist und Körper fordert. Das tut gut.

Der Mensch muß halt, wie soll ich es beschreiben,
wenn schon nicht jung, so doch beweglich bleiben.

Ein neuer Abschnitt, doch durchaus erfreulich.
Und dazu ruf von Herzen toi toi toi ich!

Vor der Pensionierung
(Eine Frau freut sich)

Mein Mann geht nächste Woche in Pension.
Nach vierzig langen Jahrn. Ich freu mich schon!

Auch er, so sagt er mir, kann's kaum erwarten.
Wir habn's ja schön. Das eigne Haus, der Garten . . .

Die Kinder sind erwachsen, Gott sei Dank,
wir sind noch rüstig und zum Glück nicht krank,

finanziell gibt's bei uns keine Sorgen,
wir brauchen keine Angst hab'n vor dem Morgen.

Im Gegenteil, jetzt wird's erst richtig schön!
Ist alles schon geplant: Auf Reisen gehn,

gemeinsam wieder etwas Sport betreiben,
im Liegestuhl zu Haus' im Garten bleiben,

Theater, Oper, Restaurant, Konzert –
das alles hab ich jahrelang entbehrt.

Mein Mann hat nichts gekannt als seine Pflichten,
beruflich. Und als Frau muß man verzichten.

Das ist vorbei. Jetzt hat er endlich Zeit
für sich, für mich. Ich fühl mich wie befreit.

Ab Montag fängt ein neues Leben an,
ein besseres, für mich und meinen Mann!

In Pension
(Eine Frau klagt)

Mein Mann ist seit September in Pension.
Ein volles Jahr ertrag ich das jetzt schon.

Was habn wir uns nicht alles vorgenommen!
Bis jetzt ist es zu nichts davon gekommen.

Um zehn, um elf Uhr liegt er noch im Bett.
Rasiert sich nicht. Er war doch so adrett!

Jetzt sitzt er da im Schlafrock und Pyjama,
grad wie ein alter Specht, ein flügellahmer.

Daß man gemeinsam etwas unternimmt,
kommt nicht in Frage. Er ist nur verstimmt.

Schaut fern, blättert in alten Magazinen.
Von mir läßt er sich hint' und vorn bedienen.

Wie damals, im Büro, im Chefgeschoß,
glaubt er, er ist halt immer noch der Boss,

vor dem sie alle liegen auf dem Bauch.
So ähnlich will er's jetzt zu Hause auch.

Wenn man, wie ich, ihn kennt in Unterhosen,
schaut's anders aus. Da streut man keine Rosen.

Er geht beinahe niemals aus dem Haus,
sitzt nur beim Fenster und glotzt bös hinaus.

Was wollte er nicht alles unternehmen!
Jetzt kann er sich durchaus zu nichts bequemen.

Schön langsam reißt mir wirklich die Geduld.
Nichts ist ihm recht. Und mir gibt er die Schuld.

Nicht einmal in den eignen Garten geht er.
Sollt' ich was vorschlagn, sagt er immer: „Später!"

Wenn man noch heute ein Direktor ist
und morgen nichts als nur ein Pensionist,

schlägt sich das manchem Mann halt auf den Magen.
Daß Männer immer gar so leicht verzagen!

Da weiß ich einen bessern Zeitvertreib.
War lang genug ein treu ergebnes Weib.

Soll ich an seiner Seite ganz versauern?
Die Hand ihm halten und ihn still bedauern?

Ich mach das nicht mehr mit, mir ist's zu dumm!
Das Leben ist so kurz, vielleicht bald um.

Was ich geplant hab, führe ich auch aus.
Will er nicht mit, lass' ich den Grantscherm z'Haus.

Der Wegweiser

Herr Dostal, seit Jahren schon Pensionist,
der hat ein Hobby, ein rares.
Und ist für so manchen der Ruhestand trist,
für ihn ist er was Wunderbares.

Ein Hobby kostet zwar meistens viel Geld,
ihn kostet es nicht einen Pfennig.
Und wenn es ihm trotzdem den Alltag erhellt,
so freut ihn das gar nicht wenig.

Er geht aus dem Haus, stets adrett und rasiert,
tagtäglich zur gleichen Stunde.
Dort, wo das Touristenvolk promeniert,
dreht er pflichtgetreu seine Runde.

Und steht ein Tourist mit dem Stadtplan da,
stellt er sich zufällig daneben.
Der Fremde blickt auf, Herr Dostal ist nah
und lechzt schon nach Auskunftgeben.

Man fragt ihn um dies, man fragt ihn um das,
auf Deutsch, das meist reichlich gebrochen.
Herr Dostal gibt Antwort, das macht ihm ja Spaß.
Manchmal wird auch Englisch gesprochen,

und wenn die Fremden sein Englisch verstehn
und sich für die Hilfe bedanken,
und wenn sie sagen: „Österreich – schön!"
dann kennt sein Glück keine Schranken.

Dann fühlt er sich reich wie ein Millionär,
so quasi als Repräsentanten,
als ob er von allem der Hausherr wär –
der Kaiser ist nicht mehr vorhanden . . .

Der Fremdenverkehr bringt Herrn Dostal kein Geld
und wird ihm doch nie zu beschwerlich.
Er steht in Kontakt mit der weiten Welt
und fühlt sich mit Recht unentbehrlich.

Im Wartezimmer

Des Kranksein wär a rechtes Gfrett,
wenn ma ka Krankenkassa hätt.
So aber nimmst dein' Krankenschein
und findst dich bei dein' Hausarzt ein.
Die Kassa zahlt des Honorar.
Der Schein, der gilt a Vierteljahr.
Du gehst zum Arzt, je nach Befund,
so oft hin, bis du wieder g'sund.
Dort wartst und wartst oft stundenlang,
dabei fühlst di glei no mehr krank.
Den Alten macht des net viel aus,
die sitzen eh net gern zu Haus.
Beim Arzt is' warm, ma trifft aa wem,
kann plaudern, d'Sesseln san bequem,
kann Zeitung lesen kostenlos,
da is der Andrang freilich groß.
Für d'Newerkla zum Beispiel is
der Warteraum wia's Paradies.
Bei ihr daham is' kalt und leer,
drum kommt s' beinah tagtäglich her.
Sie braucht an netten Aufenthalt.
Fehln tuat ihr nix. Sie is nur alt.
Und will s' der Arzt amal vertreibn,
laßt sie sich Aspirin verschreibn.
Er nimmt's in Kauf und sagt ka Wort.
Doch eines Tages bleibt sie fort.
Hat s' wer beleidigt? Hat s' wer 'kränkt?
hat sich der Doktor hamlich denkt.
Nach vierzehn Tag is' wieder da.
Der Arzt begrüßt s': „Frau Newerkla!
Ja sagn S', wo warn Sie denn so lang?"
„I hab net können. I war krank!"

Problemlösung

Wann i, verstehst, was z'reden hätt,
i bringert alle um,
die Alten. Mit Humanität.
I sag euch aa, warum.

Die Österreicher, was geborn
vua fünfundvierzig san,
die san so vielen ja a Dorn
im Aug. Die kummen dran.

Wer is denn schuld an dem Malheur
und an den Gwirkst von heut?
Warum mag uns die Welt net mehr?
Nur wegn die ältern Leut!

San die amal vertilgt, dann is
ganz Österreich verjüngt
und sündenfrei. Ein Paradies.
Und was des alles bringt!

Ka Wohnungsnot und ka Problem
mit Arbeitslosigkeit,
aa der Verkehr wird angenehm,
weil d'Jungen habn mehr Schneid.

Die Pensionsversicherung
laßt spielend sich saniern.
Die brauchen, wann a jeder jung,
nix auszahln, nur kassiern.

Wann i, verstehst, mir überleg –
des Defizit is groß –
drum tan ma d'alten Leut gschwind weg,
dann san ma alles los!

Frauliches

Die Mutter

Du hast sie mit Mühe geboren,
du hast sie mit Liebe gepflegt,
du hast jedes Zähnchen bejubelt,
dich hat jedes Lächeln bewegt,
du hast sie im Arme gehalten,
bewundert das erste Wort,
den ersten Schritt hast du gefeiert,
und es war doch ein Schritt von dir fort...

Zuerst, auf dem Weg in die Schule,
da führst du sie noch an der Hand.
Du willst sie vor Schaden bewahren,
doch bald stehst du hilflos am Rand.
Dann kommt der Beruf, kommt die Liebe –
sie hörn nicht dein warnendes Wort.
Du willst ihnen raten, sie schützen.
Doch die Kinder, sie gehn von dir fort...

Und eines Tags kehren sie wieder,
wenn's nicht mehr im Inneren braust,
erwachsener, reifer und stiller,
ein wenig vom Leben zerzaust.
Und haben sie selber dann Kinder,
vielleicht denken sie an dein Wort:
Die Kinder sind uns nur geliehen,
und eines Tages gehen sie fort.

Laß sie los, deine Kinder,
laß sie gehen.
Bald sind sie groß, deine Kinder.
Laß sie nicht sehn,
daß du Angst hast um sie.

Sie sind nicht mehr klein.
Zeig nicht deine Tränen.
Wein sie allein.
Sie gehn ihren Weg. Du kannst sie nicht halten.
Sie müssen ihr Leben selber gestalten.
Nur wenn du sie losläßt
im rechten Augenblick,
kommen sie eines Tages
zu dir zurück.

Die Hausfrau

Fragt mich jemand nach meinem Beruf,
so sage ich schlicht:
Keiner. Ich arbeite nicht.
Ich bin nur Hausfrau. Die Frau meines Gatten.
Bin Gattin und Mutter. Und stehe im Schatten.

Aus dem Bett im Morgengrauen,
nach dem Zeitplan, dem genauen,
mach ich Frühstück, denn um sieben
wecke ich dann meine Lieben.
Eier, Toast, Kaffee und Schinken,
Müsli rechts, Kakao zur Linken.
Herrichten die frischen Socken,
kämmen seidne Kinderlocken,
auch muß ich, so will's mein Gatte,
reichen Hemd ihm und Krawatte.
Jausenbrote vorbereiten,
schlichten, wenn die Kinder streiten,
(in der Früh, im Badezimmer,
streiten sie bekanntlich immer!)
und ich muß auch jeden Morgen
selbstverständlich dafür sorgen,
daß sie pünktlich aus dem Haus gehn,
und ich muß auch reizvoll aussehn . . .

Kaum sind alle aus der Wohnung,
gibt es für mich keine Schonung:
Betten lüften, Betten machen,
wegräumen die tausend Sachen,
Kacheln putzen, Böden waschen,
in den Müll die leeren Flaschen,
und der Ausguß, der verstopfte,

und der Wasserhahn, der tropfte,
wird gerichtet eigenhändig,
denn die Kosten steigen ständig.
Jetzt heißt's aber eilig laufen
in den Supermarkt was kaufen.
Essen soll ja auf dem Tisch sein
pünktlich, und es soll auch frisch sein.
Nach dem Essen Schulaufgaben
überwachen, die sie haben,
Wäsche bügeln, Kuchen backen,
Seelen trösten, Nüsse knacken.

Wenn ich so zusammenzähle,
womit ich mich täglich quäle,
und das unbezahlt und gratis,
was voll Streß und trotzdem fad is,
hab ich Dutzende Berufe
alle nur zu dem Behufe
Haushaltsführung müssen lernen:
Babys wickeln, Dreck entfernen,
Nähen, Gärtnern, Reparieren,
Unterrichten und Servieren,
Kranke pflegen, Geld verwalten,
Feste feierlich gestalten,
Kleider putzen und die Schuhe.
Auch bei Nacht gibt's keine Ruhe,
und ich höre voll Bestürzung
was von „Arbeitszeitverkürzung".
Krank darf man schon gar nicht werden.
Haushalt? Paradies auf Erden!

Manchmal, wenn dann alles schiefgeht,
und die Stimmung ganz auf tief steht,
Milch geht über, Kacheln dreckig,

Baby brüllt, das Tischtuch fleckig,
Rückenschmerzen, Geld zu Ende,
Haare fettig, rauhe Hände,
ja, dann hasse ich den Haushalt,
und da wünsch ich mich heraus bald!
Gleich drauf möchte ich mich schämen.
Man muß sich zusammennehmen!
Ob man sich ein Spitzenhemd näht,
daß der Ehemann nicht fremdgeht. . .?
Doch, er hilft mir. Nichts zu sagen.
Manchmal schleppt er aus dem Wagen
ein, zwei Kisten Bier, was schwer is,
bringt das Auto auch zum Service,
weil in unsrer Welt, der heilen,
wir uns doch die Arbeit teilen!

Fragt mich jemand nach meinem Beruf,
so sage ich schlicht:
Keiner. Ich arbeite nicht.
Ich bin nur Hausfrau. Die Frau meines Gatten.
Bin Gattin und Mutter. Und stehe im Schatten.
Ich werd nicht gestreichelt,
mir wird nicht geschmeichelt,
ich werd langsam alt,
ich krieg nichts bezahlt,
und manchmal krieg ich sogar Hiebe.
Und das alles nur aus Liebe.

Sonntag ist Damentag

Sonntag derf die Mama fahren
und der Papa sitzt danebn.
D'Kinder gfreun si wia die Narren:
Heut wird's wiederum was gebn!

Z'erscht is alles eitel Wonne.
„Kupplung!" sagt er. „Schalt! Gib Gas!"
Und sie rolln in der Kolonne.
„Bravo, Mama! Gel, macht Spaß!"

Lassen s' ihre Fraun ans Steuer,
sitzen d'Herren wiar am Sprung.
Ihnen is net ganz geheuer
so viel Gleichberechtigung.

„Fahr do net so in der Mitten!
Halt di rechts – naa, net so weit!
Schau, paß auf, der hat uns g'schnitten!"
Aus is' mit der Freundlichkeit.

Und die Mama fahrt verbissen,
und der Papa kritisiert,
und die Kinder tan's genießen,
daß jetzt endlich gstritten wird.

Wia s' dann aussteign ausn Wagen,
san die Eltern voller Grant.
So a Fahrt schlagt si am Magen.
Nur die Kinder wolln Proviant.

Zruck fahrt allerdings der Vater,
denn die Mutter weigert si.
„Allerweil so a Theater!"
Und sei Wut, die steigert si.

Montag is die Welt dann wieder-
um in Ordnung, Gott sei Dank,
denn es fahrt der Herr Gebieter
selber d'ganze Wochen lang

mit'n Wagen in die Hacken,
laßt ihm stehn, dort steht er guat.
Und im Abendstau, mit Stocken,
fahrt er ham, wia's jeder tuat.

Zwar, die bessern Autofahrer,
sagt d'Statistik, san die Fraun.
Den Statistiken is klarer-
weise nie zu traun . . .

Es dreht sich alles um den Mann

Wir Frauen hören's nicht gerne,
und doch ist etwas dran:
Es dreht sich immer alles um den Mann.

Wie war das damals mit dem schönen Paris?
Aus Troja war er, Königssohn und Hirt.
Der wurde von drei Göttinnen umschmeichelt,
mit allerlei Versprechungen verwirrt:
von Hera, Inbegriff der Frau und Mutter
und, wie man sagt, von göttlicher Statur;
dann von Athene, eulenklug und Jungfrau,
für Wissenschaft zuständig und Kultur;
und Aphrodite, hold und schaumgeboren,
darum der Liebe ganz und gar geweiht.
Und diese drei, man kann es fast nicht glauben,
gerieten um den Jüngling wild in Streit.
Sie stritten, heißt es, um den goldnen Apfel.
Doch, glauben Sie mir, das gibt keinen Sinn.
Wenn sich die Frauen streiten, geht es niemals
um Obst, da geht es immer nur um *ihn.*

Sie meinen, heute ist das alles anders?
Wir Frauen sind ja Gott sei Dank erwacht?
Wir stehen fest auf unsern eignen Füßen
und haben es so ziemlich weit gebracht?
Wir Frauen halten nämlich fest zusammen?
Es lebe hoch die Solidarität!
Doch kommt gelegentlich ein Mann dazwischen,
ist von der Solidarität nicht mehr die Red.

Da werden Weiber plötzlich zu Hyänen
(zwei Frauen und ein Mann tut selten gut),
die beste Freundin wird zur ärgsten Feindin,
sie kämpfen um die Beute bis aufs Blut.
Die schwesterliche Eintracht ist vergessen,
das Weibchen will den Mann mit Haut und Haar.
Die anderen Frauen sind nur Konkurrenten
im Kampfe um den Mann, wie's immer war.

Wir dürfen uns darüber gar nicht wundern.
Es klopfe jede an die eigne Brust:
Kaum bringen wir zur Welt ein kleines Knäblein,
wie sind wir außer uns vor Stolz und Lust!
Es wächst heran, es wird von uns behütet,
es wird verwöhnt, es wird von uns bedient,
man liest ihm jeden Wunsch ab von den Augen.
Ein Knabe ist ein ganz besondres Kind!
Und ist der junge Mann einmal erwachsen
und heiratsfähig, dann geht's richtig los:
Die Mädchen werfen sich ihm gleich zu Füßen,
da muß er selber glauben, er ist groß!
Sogar nach seinem Tod, 's ist nicht zu fassen,
fragt man die Witwe flüsternd und diskret:
„Was hat *er* Ihnen denn so hinterlassen?"
Nur immer wieder *er* von früh bis spät!

Wir Frauen hören's nicht gerne,
und doch ist etwas dran:
Es dreht sich immer alles um den Mann.

Seelenschmerzen, und wie man sie heilt

Trixi, ja, ich bin's. Ich ruf dich nur an,
um dir zu sagen, daß ich heut nicht kann.
Aber du weißt doch, am Donnerstag nie.
Nein, Dienstag auch nicht. Ich hab Therapie.
Zweimal die Woche. Ein fester Termin.
Also, ich sag dir, der Mann ist mein Ruin...
Was er verlangt? Nein, von mir nicht so viel...
Er kann verlangen, soviel er nur will!
Vorträge, Fernsehn, der Mann ist berühmt!
Wann er, ich frag mich, die Zeit sich nur nimmt
für die Patienten. Das hat seinen Preis.
Und er ist himmlisch. Ich bin der Beweis.
Nein, dein Professor ist nicht grad mein Fall.
Sagt mir der Mensch doch, ich bin ganz normal!
Aber *er* weiß, ich bin wirklich nicht g'sund.
Seither, da such ma gemeinsam den Grund.
Wie er das macht? Na zuerst stundenlang
laßt er dich reden, ganz frei, ohne Zwang.
Nicht auf der Couch, so was is längst passé,
nein, nein, wir sitzen und plaudern beim Tee.
Nach einer Stund weiß er, sagt er, Bescheid.
Weißt du, wie so was erlöst und befreit?
Was mir denn fehlt? Ich bin recht kompliziert
psychosomatisch neurotisch fixiert.
Oder so ähnlich. Mei Kindheit is schuld.
Er bringt's auf gleich, sagt er, mit viel Geduld.
Was ich erzähl? Na, im Laufe der Zeit
lernt man sich kennen. Ich weiß, was ihn freut.
Halt was ich träum, so mit Ängste und Sex,
dann von mein' Trauma und meinem Komplex,
frei von der Leber weg, ohne Tabu.
Hauptsach, es hört einem irgendwer zu.

Was denn der Alfred dazu sagt, mein Mann?
Dem ist mein Inneres wurscht, dem Tyrann.
Der hört doch nie zu, den laßt alles kalt.
Nur ans Geschäft denkt er. Hauptsach, er zahlt.
Aber zu *ihm* hat man wirklich Vertraun,
er und nur *er* hat Verständnis für Fraun.
Und, stell dir vor, er fangt an zu erzähln,
wie er gehetzt ist, wie Sorgen ihn quäln,
daß er zum Reden ja niemanden hätt –
ich hör ihm zu, und er redt und er redt.
Der ist ja grad so neurotisch wie ich!
So jemand laßt man nicht einfach im Stich.
Grad so wie ich und vielleicht auch noch mehr!
Das baut mich auf, schau, er braucht mich so sehr.
Dienstag und Donnerstag, da geh ich hin.
An die zwei Tag hat mein Leben an Sinn!

Mütterdialog

„Na, daß ma Ihna wieder sicht!
Sie machen so a frohes Gsicht.
Was gibt's denn Neuchs? Wie geht's zu Haus'?
Sie schaun ja wirklich glänzend aus!"

„Des macht die Englisch-Schularbeit.
An Zwarer hamma. So a Freud!"

„Der Bua? Na bravo. Gratulier!"

„Das Sprachtalent hat er von mir.
Im Rechnen tuat er si recht schwer,
da muaß a Nachhilflehrer her.
Wir können's net, mei Mann und i.
Und Ihner Tochter, was macht die?"

„Die is in alle Fächer schlecht.
Mei Mann, der gift si. Und er blecht."

„Ja, ja des Studium kummt halt teuer.
Was gebn S' denn Ihrer für an Dreier?"

„A Dreier is a Utopie,
und so was gibt's halt leider nie.
Der Papa laßt ja schon was springen,
solltert s' amal an Vierer bringen.
Fürn Fünfer kriagt s' a T-Shirt gschenkt,
zum Trost. Damit sa si net kränkt."

„Und unser Bua, der is halt gwohnt,
er wird mit irgendwas belohnt
zum Schulschluß. Hauptsach, daß er glatt
so durchkommt und kan Nachzipf hat.
A Fahrrad, Videokamera,
ja, an Computer hat er aa.
Und is er achtzehn, des muaß sein,
macht er, eh klar, den Führerschein,
damit er zur Matura dann
im eignen Auto fahren kann."

„Wia sich des heutzutag so ghört.
Mei Tochter kriagt von uns a Pferd.
Bis dahin heißt's halt eisern sparn.
Des san ma gwohnt seit Kinderjahrn.
Sonst könnt ma des ja alls net leisten.
Und unser Oma und die meisten
Verwandten, alle helf ma zsamm:
Des Kind solls amal besser ham."

Nach dem Sprechtag

Na, des war a feiner Sprechtag.
Schöne Sachen hab i ghört!
Von Latein will i nix reden,
aber ans hat mi empört –

daß d' in Mathematik schlecht bist,
is nix Neuchs, darin bist schwach –,
aber in aan Jahr zwa Fünfer
in an so an leichten Fach!

Sexualkunde is fad, sagst?
Was san des für Kinder heut!
Dankbar, glücklich wärn wir gwesen,
hätt's des gebn zu unsrer Zeit!

Lernen, sagt die Frau Professor,
sollst, auf d'Wochen gibt's an Test,
ganz besonders, i hab's aufgschriebn,
„Interruptus" und „Inzest".

Außerdem hab i di angmeldt
für den Förderunterricht.
D'Frau Professor laßt dir sagen,
ohne Üben geht es nicht!

Wanns d' den Test verhaust, so sagt sie,
muaß a Nachhilflehrer her.
Hauptsach is, du kriagst kan Nachzipf,
des wär wirklich a Malheur.

Ans versteh i net. Mir alle
san do schließlich recht begabt,
und in unserer Familie
habn wir nie Probleme ghabt:

D'Omama mit vierzehn Kinder,
und der Onkel mit drei Fraun,
d'Rosi-Tant sogar beruflich,
na, die Tante tät schön schaun!

Sexualkunde is wichtig,
des is allgemein bekannt.
Also reiß di zsamm, versprich mir's,
mach uns, bitt dich, keine Schand!

I steh in der Mitten

Gestern hab i mi über mei Muatterl g'ärgert –
die Bißgurn –
und über mei Büaberl aa –
den Rotzbuam.
's Muatterl will an Kamillentee.
I mach an Kamillentee.
's Muatterl will an Salbeitee.
I mach an Salbeitee.
's Muatterl will an Kramperltee.
I koch ihr an Kramperltee.
Und wiar i so koch und koch und koch,
hör i, wia s' streiten
im Kabinett,
's Muatterl und 's Büaberl.
Wiar i einifahr bei der Tür,
siech i, wiar er grad
aufreibt aufs Muatterl,
mei liabes Muatterl.
I zah eahm in d'Kuchel,
hau ihm mi'n Schädel an d'Wand,
daß nur so scheppert.
„Tommerl", sag i,
„d'alten Leut muaß ma ehren.
Denk dir wegn meiner
'hupf do in Gatsch
und schlag Welln, alte Hex'!
aber halt die Goschen.
Sei liab zu mein Muatterl.
D'alten Leut muaß ma in Ehren halten!
Bist ja mei braver Bua.
Gel, du versprichst mir's!"

Großmütterdialog im Jahr 2000

„Grüß Sie Gott, Frau Swoboda!
Na, wie geht's? Is' Kind schon da?"

„Ja, seit Dienstag. Wie geplant.
Sehr verläßlich, der Versand."

„Was Sie sagn! Sie lassen schicken?
Aus dem Katalog, dem dicken?
Meine Tochter nimmt gewöhnlich
Leihmütter. Is mehr persönlich."

„Leihmütter, gehn S', hörn S' mir auf!
Weiß ich denn, was ich da kauf?
Postversand ist sehr bequem,
hygienisch, außerdem
kann man ganz kommod gustieren,
sich schon vorher informieren,
welche Farben, Größen, Rassen
will man sich denn kommen lassen.
Alles beste Qualität,
was sich wohl von selbst versteht.
Größte Auswahl an Talent,
(unserer wird Dirigent!)"

„Die Frau Schmidt war nicht zufrieden.
Schaun S', die hat sich doch entschieden
für a gwisse Farbschattierung
passend zu der Wagn-Lackierung.
Milchkaffeebraun hat's bestellt.
Und was kriegt's ums teure Geld?
Dunkelbraun! Das ist Betrug!
Na, sie schickt das Kind jetzt zruck.

Ans tät mi nur intressiern dran:
wann ma Kinder retourniern kann,
was passiert denn mit die Gschrapperln?
Mir derbarmen solche Tschapperln!"

„Die kommen in' Ausverkauf!
Viele Fraun san wild darauf.
Ma derwischt mit bisserl Glück
oft ein wirklich schönes Stück!"

„Naa, bei uns is da nix z'machen.
Meine Tochter, 's is zum Lachen,
möcht, so sagt sie, gern probieren
einmal selber produzieren,
Schwangerschaft, Geburt, Spital –
na, die is ja net normal!
Sie möcht, sagt s', a eignes Kind.
Auf amal! I glaub, die spinnt."

„Das ist jetzt die neue Mode.
Nostalgie. Naturmethode.
Wird sich aber nicht lang halten,
so was wiss' ma ja, wir Alten.
Sollten dankbar sein, die Jungen.
Wo man hinschaut Neuerungen,
und die Menschheit hat's erreicht:
heute ist das Leben leicht!"

„Recht habn S'! Dazu sag i *ja!*
Lebn Sie wohl, Frau Swoboda!"

Beim Kofferpacken

Papa, gib die Koffer abi
und richt deine Sachen her.
Nimm net z'viel mit, Papa, bitt di,
schließlich fahrn ma ja ans Meer!

Warum ziagt's uns nachn Süden?
Weil's durt warm is. Ka Vergleich
mit die Urlaub, die verpatzten,
da bei uns in Österreich.

Regenmantel, Gummistiefel,
warme Wäsch – bleibt alles da.
Luftmatratzen, Badehosen,
Flossen, Schnorchel, so was ja!

Zahnbürstel und Badeschlapfen,
Wäsch a zweite Garnitur.
Wird was schmutzig, druck i's aus halt
zwischendurch gschwind im Lawua.

Vielleicht do dein leichten Anzug –
– d'Leut san oft so elegant –
und für mi des neuche Kladel,
wann ma tanzen gehn am Strand?

Du, den Stanek habn's durt å'gstiert
vorigs Jahr, hast du des gwußt?
Ja, des Geld tragst so wia immer
in an Sackerl auf der Brust.

Vorsichtshalber an Pullover
und a Jacken für auf d'Nacht.
Unten kaufen so wia damals,
das kommt nicht mehr in Betracht.

Photosachen, Bocciakugeln,
was zum Lesen suach heraus,
zwaa, drei Krimi. 's Fernsehn unten
is für unseran a Graus.

Du, i glaub, du muaßt den dritten
Koffer aa no åbiholn.
Dabei hab i, 's is zum Wana,
unbeschwert nach Süden wolln.

Unserans schleppt halt sei Binkerl
überall auf Schritt und Tritt,
is' aa lästig, is' aa zwider,
als sein „Lebensstandard“ mit.

Beim Auspacken

So, da wär ma. Alls in Ordnung.
D'Wohnung steht no, Gott sei Dank.
Gründlich g'lüft ghört. Lass' ma's durchziagn.
Stell den Koffer auf die Bank.

D'Klader san total vermudelt.
Häng mir s' vorläufig durt hin!
Morgn wird 'begelt. Und die Schmutzwäsch
gib glei in die Waschmaschin.

Paß auf, in der Reisetaschen
san die Flaschen mit'n Wein!
Die mi'n langen Hals fürn Opa
wird do net zerbrochen sein?

Da, der Grappa is fürn Rudi,
weil der kan Chianti trinkt.
Jessas na, der Gorgonzola
is zergangen. Wia des stinkt!

Bocciakugeln, Luftmatratzen,
alles is no voller Sand.
Was, die Muscheln hast aa einpackt?
Na, du bist scho allerhand!

I hab des Jahr net viel einkauft.
Und das wenigste für mi.
D'Lederjacken war sehr günstig,
grad so wia des Brilln-Etui.

Aa der Strohhuat war net teuer,
und er paßt zum blauen Klad.
Ja, die Gondel aus Venedig
kummt am Fernsehapparat.

Du, die Venus – wiar aus Marmor –
is ein wirklich schönes Werk!
Wird si guat machen im Garten
nebn den großen Gartenzwerg.

Ja, der Schiefe Turm von Pisa –
sag, wohin jetzt mit den Trumm?
Vua die Betten wärs doch passend...
Geh, i bitt ich, sei net dumm!

Wirst do no an Gspaß verstehen!
Gemma schlafen. I bin müad.
Morgen kriagst a Wiener Frühstück
endlich wiederum serviert,

net nur so a grauslichs Gschlader.
Mit Panini is' jetzt aus.
An Kaffee mit frische Semmeln!
Denn jetzt san ma wieder z'Haus'.

Banale Striptease-Gedanken

Beinah hätt ich den Fächer doch vergessen!
Sonst komm ich erst um elf Uhr fünfzehn dran.
Das halbe Schnitzel konnt' ich nicht mehr essen.
Jetzt wird es kalt, was ich nicht leiden kann.

Na schön, ich mach halt wieder auf erotisch.
Dafür werd ich so schlecht und recht bezahlt.
Der Handschuh hat ein Loch, wie idiotisch.
Na ja, der ist ja auch schon reichlich alt.

Das Kreuzworträtsel konnt ich nicht mehr lösen.
Ein Fluß, und hat zwei Buchstaben mit O . . .?
Die drei da unten, warum die so dösen?
Sie sind erst munter, zeig ich meinen Po!

Das Schnitzel liegt mir irgendwie im Magen.
Am Sonntag fahr ich wieder zur Mama.
Vom Service hol ich morgen mir den Wagen.
Sie tut mir leid mit ihrem Podagra.

Na endlich werden die da unten lüstern,
das merkt man so am Zigarettendunst.
Jetzt kommt's, wo ich dann bebe mit den Nüstern.
Wenn mir nur das Orchester nichts verhunzt!

Ich werd mir morgen doch den Pulli kaufen,
und Schuhe, wo man richtig laufen kann.
Aha! Die Herren fangen an zu schnaufen,
jetzt setz ich wieder mal zum Endspurt an.

So bin ich, meine Herrn, mit bloßem Leibe!
Dafür bezahln Sie und drum sind Sie hier!
Jetzt in die Heia, schnell, mit Ihrem Weibe!
Und ich vergönn mir noch ein kleines Bier.

Ein guter Rat

Meine sehr verehrten Damen:
wenn ich Ihnen raten kann,
nehmen Sie um Himmels willen
nie sich einen schönen Mann!
Lieber einen dicken Alten,
denn der kann Sie gut erhalten,
mit viel Bauch und wenig Haaren,
mit dem werd'n Sie glänzend fahren.
Keinen strahlend blonden Riesen,
nehmen Sie sich lieber einen
netten, lieben, kleinen Miesen!

Wenn Sie unbedingt schon müssen –
manchmal muß ja so was sein –
flirten, lachen, ausgehn, küssen
kann man schließlich schwer allein –
wenn Sie schon zu müssen glauben,
ich will Ihnen den Mut nicht rauben.
Schöne Männer sind zwar herrlich,
aber leider recht gefährlich.
Um das Leben zu genießen,
nehmen Sie sich lieber einen
netten, lieben, kleinen Miesen!

Siegfried, Romeo, Leander,
alle warn sie gut gebaut.
Paris, Ferdinand, Adonis,
jeder hatte eine Braut.
Doch die Schönheit, die hat leider
viele Feinde, viele Neider,
selten gab's ein gutes Ende,
und die Braut, die rang die Hände,

denn die Frauen müssen's büßen.
Nehmen Sie sich lieber einen
netten, lieben, kleinen Miesen!

So ein hübscher junger Kerl
ist ein Zeitzünder im Haus.
Niemals weiß man, wann die Bombe
platzt, geht er am Abend aus.
Täglich gibt es bange Sorgen:
Tut er's heute oder morgen?
Oder ob er's schon getan hat?
Doch man muß den Don Juan matt,
dankbar in die Arme schließen.
Nehmen Sie sich lieber einen
netten, lieben, kleinen Miesen!

Inhalt

Reifere Jahrgänge

Frauliches

*Aus der literarisch-musikalischen Revue
„So sind die Frauen – sind sie so?"
geschrieben für Topsy Küppers